그대의 여름이

나의 가을이었다

최영정 시집

『그대의 여름이 나의 가을이었다』

2부
당신이 나의 처방이다

3부
아름다운 문장

4부

그대의 여름이 나의 가을이었다

시인의 말

시에도 집이 있다.
나의 집이 비좁아도 괜찮으니
조금은 따뜻한 공간이었음
좋겠다.

그래서 마음속 땔감을 찾아
밤새 기억 속을 온통 걸었다.

아팠던, 그리고 아릿했던,
고단했지만
찬란했던

기억마다 밑줄을 친 문장과 단어가
공간을 만나 시집이 되었다.
그뿐이다.

1부

서로의 눈빛을 받아 적었다

그대 정거장

그대 향한 내 마음도
창밖에 피고 또 피는
폭설이다

한때 세차게 퍼붓고 지나
깊은 발자국 같은 말로
서로에게,

다가서는 하얀 말들

사랑은 기대하는 것보단
서로에게,
저처럼 가뿐하게 녹아드는 일

차가운 하루 끝에,
당신의 짧은 포옹

당신이 바로
내 속도가 멈춘 유일한
정거장

소리 내어 발음하면
당신보다 환한 것이
아직 없다

이별의 마중

누구나 밤으로
접어드는 골목 하나쯤
품고 산다

몇 달째
발끝에 든 멍이
쉽사리
사라지지 않는다고

그 미리 마중 나온 풍경

골똘히 들여다본
아버지

이제
귀도 어둡고
눈도 침침하고

멀어지는 일이 뭐
반갑다고

이렇게 마중까지 나왔냐고

자꾸만

핀잔을 하신다

짠하다

짠하다는 말은
바다와 가장 가까운
부서지는 말

파랑이 잦은 삶

외로움만 잔뜩 살이
오른 고양이

나는 자주 고양이 한 마리처럼
앉아
웃다가 울다가
거리를 서성였다

청춘은 잠깐!
반짝이다가

유리 벽에
부딪혀
죽은 셔틀콕 같은

새 한 마리를
키우는 일

숲과 숲 사이 따뜻한
포옹 같은
햇살의 공허

나는 때론
내가 눈부시게
짠하다

베개 터널

베개 속에 캄캄한
터널이 있다

우리는 밤마다
눈 감은 채

이 캄캄한 터널을
다 지나야만 한다

그 끝에 아침

네가 떠나가던 밤은
침수된
터널을 겨우 빠져나와

찬란한 뒤,
더 큰 정적이 남는 것처럼

다른 계절에
홀로 정차된 채

오랫동안

있기도 했다

테트리스

텅 빈 마음 하나
끝끝내
채우기 위해서

일렬로 가지런히 할 때

더 멀리
아득히
사라지는 이름

홀로
장작더미 같이

쌓아 놓은
그 많은 추억

이제 간직조차 할 수
없는 것인가

이제 무엇으로도

채워 넣을 수도 없는

이름과, 여백
그 스테이지

도루묵 어머니

한겨울
도루묵이 알을 품고 있다

아니 알이 도루묵에
온기처럼 안겨 있다

파도가 굽이칠 때마다

부푼 배를 만지며, 이겨내고
바다에서도

온통 내 걱정으로, 숨죽이던
저 생선 속에

어머니
가만히
들어가신다

신발장 속 너의 얼굴

흔들렸던 것인지
춤추던 것인지

구분 없이
서로가 좋아 그토록

서로의
거울이 되어주고만 싶었던 우리

끝끝내
독백에 실려 간
아름다운 얼굴

못내 잊어야 할 것 같아

누군가 내 마음을 신고
걸어가다
버려둔 것만 같다

닫힌 마음

벚꽃 만개한 계절

달리는 마을버스 안
벌 한 마리가 들어왔다

학생 하나가 죽여보려고
이리저리
주먹을 내리쳐 보다가

어쩌지 못하고
결국 내렸다

노인 하나가
다시 그 벌 곁에 앉아
기다려준다

그리고 창문을 열어
나갈 때까지
또다시
곁에서 기다려준다

화가 났다가
화(花)가 꽃피운 자리

조금 열린 문틈으로
꽃잎이 붕붕
날아간다

제 닫힌 마음
알아줘 고맙다는 듯이

당근

내 것이 아닌 것을
알면서 오기로
살 때가 있다

무엇을 산다는 것과
인생을 산다는 것은
무슨 차이가 있나

내가 오늘 산 것은
살아온 날은

또 어디에
진열을 해두면 좋을까

비좁은 마음

값싼 마음을 잠시 사준
그대의 손길이
사무치게
고맙다

해피엔딩을 꿈꿔본다

차를 타고 가다가
아내는, 불쑥

이제 우리 이렇게 한 번 더 살면
끝나는 것이라고
말했다

사십 년 가깝게
살아왔으니

그 말이 맞을 수도 있다

시작은 같았으나
어쩜 당신과 달라질 수 있는
그 끝이 두려워

나는 조용히
해피엔딩을
꿈꿔봤다

새우젓

새우젓은 냉동실에서도
얼지 않는다

물도 서로서로 부둥켜 껴안아야
차갑게 얼어붙는다

물이 얼기 전
소금은, 작은 온기같이
울려 퍼져서

저 새우젓은
끝끝내 얼지 않는 것이다

등이 굽어서도
어머니는 여전히 새우젓처럼

몇 숟가락 만에
음식의 간을
적절하게 맞춘다

평생 나란 간을
맞추어 살아온

소금으로 절인
내 작고 잔잔한
반짝이는 바다

심야 택시

심야 택시는
차를 내는 사람, 그 사람보다
길이 밝은 사람이
이 거리에는 아직 없다

택시 지붕에 연등을 환히 켠 채
손님 기다리며,
연꽃처럼 기사는 가부좌를 튼
마음이 된다

식은 찻잔부터 데워 내려고
서둘러 히터도 켜두고,

찻잔의 손잡이 움켜쥐듯
손님이 차 문을 잡아당겨 열고
방석에 앉는다

어디로든 가달라고 하면
이미 다 가본 길 중 하나

속도를 내는 택시의 미터기가
밤의 고도만큼 높다

손님을 거리에 계속 따라주면서
제 속을 계속 비워주며
저 연등 켠 택시는
길에 물이 미끄러지듯
나아간다

붕어빵

겨울이면
아들과 줄을 서서
붕어빵을 산다

가게 사장의 잊지 않는
당부의 말

종이봉투를 열어둘 것

바삭한
어항에 가득 찬

캄캄한 밤을
한입씩 먹는다

그 밤은
아들과 함께라서
달콤해서, 그런지
금방 식는다

마치
충치처럼

못 자국

이사 온 집
누가 심어 놓은 것인지
여기저기
못 자국이 가득하네

어떤 못 자국은
생전 그렇게
모질게 두들겨 맞고도
찌그러진 꽃봉오리 하나

그 젖을 뗄 수 없어

처음 시집온 그 자리에서
허리 굽을 때까지
오랜 질긴 목숨
붙들고 살아냈네

다시
망치 밑
불꽃이 수차례

피고 또 지고

꽃잎이 뜨겁게 진다

서로의 눈빛을 받아 적었다

빈 호주머니 가득
동전이
물결치던 그 무렵,

소주 몇 병, 담배 한 갑,
밑줄 치던 시집

우리는 배가 고파서
시를 읽었고

우리는 허기가 져서
서로의 눈빛을
받아 적었다

한때의 소란으로 인해
소나기가 지나갔고

눈빛이 어두웠던
먹구름 가득한 그날

끝끝내 울음은 정거장으로
오지 못했다

그저 내 모든 계절이 바닥이던
그 심정이
터벅터벅 거리로 울긋불긋
쏟아졌다

모든 페이지의 끝에, 아직도
당신이 웅크려 있다

그대 하나로 인해서

그대 하나로 인해서

흑백이던 내 지난날이
꽃같이
만개한다

컬러를 갖는다

봄이
짧고
왜 가장 아름다울 때
떠나야 했는지 이유를
알게 된다

나의 채색은
언제나
그대가
해줬으면 한다

날지 못하는 새

아들이 자폐 판정을 받던 날

아내는
무너진 하늘을 대신해서

우리가
아들의 하늘이 되어주면
그뿐이라며

속이 빈 것처럼 웃었다

저 새 하나
햇살같이
닫힌 제 속을 아주 조금이라도

열고 나오는
날이면

세상 모든 게 꽃이었다

어떤 사랑

매미는
몹시 아팠던 사랑을

나이테처럼, 허물로
나무에다가
벗어둔다

떠나감이란
저마다 수심이 각기
다른 것인가

어떤 매미 허물은
낮은 곳에서

또 어떤 매미 허물은
손이 닿지 못할 만큼
높은 곳에서

간신히 이별을 떼어낸 채
목청껏 울고 있는

스스로를 텅 빈 눈으로
바라본다

그 울음의 물결이
닿는 곳마다
부서지는 여름이다

2부

당신이 나의 처방이다

당신이 나의 처방이다

목에 굉음이 지나간다

언제 이처럼 낮게 엎드린 채
세상 밖에
가득 인기척을 내며, 살았던 적이
있었나

속도를 내며,
끝없는 입 밖으로
쏟아지는

지난날의 잔설들,

언제쯤 내 목에 쌓인
이 수많은
눈을 다 치워내야만

새로운 날이 밝아올까

이토록 뜨겁던 날

뒤로한 채

아팠던 그 발자국 지워가며
다시 당신 곁으로 갈까

가만히 알약과 함께
다가서는

당신이 나의 유일한 처방이다

눈부신 포옹

저 넓은 하늘 향해
두 팔 활짝 벌린 나무

나뭇가지 틈 사이로
손 뻗어온
환한 햇살의 살 내음

그 눈부신 품에
안기고 나서야

나무는

마음속 그늘을
바닥에 가만히
벗어둔다

그 그늘이 누군가 쉬어가는 곳이
될 때도 있다

그래, 그대 가끔씩

틈을 보여도

괜찮다

괜찮다

쭈그러진 페트병

비빔국수 한 그릇
온전히 맘껏 드시는 게
소원이라는 아버지

쭈그러진 페트병 같은 배

숨 한번 꾹! 참고
두 눈 질끈!

인슐린, 주사를 놓는다

주사를 놓는 게
아직 손에 익숙하지 않아서

검은 멍이
밤새 소복소복
이곳저곳
눈 덮인 아버지의 배

고래고래

소리를 지르지 않으면

듣지 못하는

아버지와의 조용한 식사

나는 마음만 시끄럽다

청혼

내 가난한 노랫말,
그대가 되고

당신이란 울림 하나만으로
세상의 음표가

가득히 피어나고
꽃이 만발한 뒤
봄의 품에 안긴 것도 잠시

하늘에서 천천히
소리 없이 내려올 때

바닥에서도 당신을 만나
살아온
그 기억으로 다시
살아갈 힘을 얻고

백발이 폭설이 되어
창밖에 만발하여 흩날려도

나란히 한 풍경을 향해 가다
멈춘 자전거의
두 바퀴처럼

둘이 한 몸이 되어
한 길로 만든
길을
뒤돌아보리라

못 속에 십자가

건물 천장에
석고보드를 붙이다가

안전화 밑, 꼿꼿하게
솟은 힘이 느껴졌다

안전화의 굽이 깊어
발바닥에는
채 닿지 못했지만

내게 못 미친
전도 같았다

석고보드를 붙들고 있는 건
작은 못이다

저 십자가가
성호처럼 그어진 못의 이마는
때론 저렇게

하늘도 만든다

갈치

아내는
아이에게 생선 살을
잘 발라 준다

접시 위에 제살이
따뜻할 때
다 내준 갈치 하나

제 속에
가시가
저토록
드러날 때까지도

모두 아이에게
아낌없이

다 내어줄

나의
아내

연어를 만나다

다리 한쪽 없는 여자가
노를 젓듯
목발을 짚으며
어둠이 물결을 그리는
오르막길을 오른다
연어다

오가던 길을 멈춘 채
도심에 나타난
낯선 연어를 보는
사람들의 시선

목적이 있는 연어는, 뒤돌지 않는다
길을 잃지 않는다
몸이 나침반이다

여자는 다시
그림자와 매 순간 눈앞에
폭포를
무지개를 그리며

숨차게 뛰어넘는다

밤이 되자
가까스로 헤엄쳐온
물고기자리 하나
눈부시게 빛나고 있다

자전거의 보폭

자전거 앞바퀴가 앞장을 서면

뒷바퀴는
일정한 거리를
유지한 채

뒤를 따라서 간다

성질 급한 아버지와

어머니의 걸음도
늘 저랬다

각기 다른 바퀴 자국이
결국
하나로 포개진 채

길 위에 하나로
남겨졌음을
발견하는 일은

늘 지나쳐온 뒤다

팬티

처음 살갗에, 다가서는
그 첫 그늘

남들로부터
늘 감춰야 했던
아픈 그늘

나는 오늘도

저 팬티 한 장을
온전히
갖추어 입는
일에서부터

세상 밖으로 당당히
나설
힘을 얻는다

모래시계

내일을 모른 채 사는 일은
어쩜
모래시계와 같아서

뒤집어 놓아야 할 때가 있다

그래야만
시작이 될 때가 있다

모래시계는
제 몸이 작은 시계에
불과하다는 것을 안다

오직 사람만이
스스로가 작은 시계라는 것을
모르고 지낸다

나이는
들어가는 것이 아니라

손가락 틈으로

흘려보내야 하는 게

많아지는 일이다

외풍

벚꽃은
외풍을 두려워하지 않는다

삶이 가장
빛나는 순간
꽃비가 된다

바닥이 되려는 꽃은
두려움이 없다

바람 부는 날

함께이기에
하나이기에

꽃비가 되어 내린다

햇살이 반가운 봄날

비가 되는 꽃은
바람을 두려워하지
않는다

초식동물

자식 이야기만 나오면
여기저기 우울이
불꽃처럼 터진다

살아 있다고 아직 살아 있다고
영역표시 같은 지린내

창밖의 달이 긴 혀를 불쑥
내밀어 쓸어
주고 간 머리칼

어금니가 순한 사람들,

밤새 누가 또 고삐를
묶어두고 간 것일까

텅 빈 의자가 놓인
초점 없는 두 눈만 바쁘다

알약 봉지 같은 병동에
사람이 또 늘었는데
더 조용하다

오징어배

새벽까지 문을 연
술집을 찾아 친구와
돌아다녔다

무엇이 됐던
어떤 끈이든

붙잡고, 누군가
나를 발견해 주기를
기다렸다

이제 오라는 데도
불러주는 곳도 없다

다만
늦은 밤까지, 세상 밖으로
나갔다가
집으로 돌아왔을 때

집안이 환하다
아이가 품에 잡힌다

공해

일평생
고장이 없을 줄 알았는데
걷는 게 요즘 힘들다

울퉁불퉁
온통 험한 길 지나온

나의 몸

단 한 번 본네트 연 적 없던
그 마음에

언제 이렇게
캄캄한 공해가
가득했었나

3부

아름다운 문장

나의 나이테

아내는 나이테를 가졌다

내가 바깥의 날씨이면,
안으로
따뜻한 온도가 되어준 당신

신혼생활도 찰나, 별안간
둥지로 날아든 입덧

그 보이지 않던 날갯짓

당신이란
나이테는 그 어린 새의
따뜻한 물결이 데려고

끝없이
요동치고 요동쳤으리라

내게 시집와서
내 좁은 마음 밖으로

아직 한 걸음도

발을 못 내디딘

나의 나이테

얼룩이란 계절

얼룩이 졌다는 것은
누군가 다녀갔다는 것이다

요 며칠 입었던 마음
그저 싫증이 났던 것
뿐이었는데

또 하나의 얼룩이
계절처럼 떠나갔다

당신이란, 소란도 잠시
헤어진 것보다, 남겨졌다는 게
아직도 화가 나는 것을 보니

나는 아직도
사랑에 덜 아파본 것이
분명하다

별이 너무 많으면 별이 아니다

별이 너무 많으면
밤하늘이 아니다

너에게 두고 온 거리만큼
내 기다림도 저처럼 환한 것일까?

우리는 오늘도
술잔을 더 기울이며
서로의 눈동자
속 밤하늘을 찬찬히 살펴 읽는다

침묵으로 대화하며

별이 쏟아진
입술 밖

혼자가 될수록 별은 더욱 빛난다

화장터

불꽃이 지천으로 핀
저 속에서

그대 가야만 하나
왜 가야만 하나

가만히 저물어 가는
두 손 공손한
나의 저녁이여

나를 꽃피운
내 울타리

한 줌인 줄 모르고
저 꽃에 오랫동안 꽃말로 업혀
지내왔다

꽃이 간 자리

나도 가만히 그대 같은

사람이
되고만 싶다

긍정의 밤

내가 잠깐 기거했던 사람
내가 오래 기거할 사람

그 틈에서
손 놓친 이들의 얼굴이

파도 따라
떠오르다 부서지다

이내 사라진다

오늘 표류했던 하루에서
한 발자국 물러나 바라보니

떠돌이도 좋다
어긋남도 좋다
빛바래도 좋다
지금이라 좋다
순간이라 좋다
가슴 벅차 좋다

많은 긍정의 밤에서

나를 점차

찾아가고 싶다

염낭거미

염낭거미의
첫 식사는
어머니의 몸이다

이제 막 태어나, 허기가 진 새끼 곁에
따뜻한
한 끼로 누워,

단출한 메뉴로 이름이
적히는 일

죽어서도
소화되지 못한

염낭거미의 배 속
흰머리가

수천 번 허공에
식탁을 차려내고,

기다리는
어머니의 마음

키 작은 봄날

봄이 작아지기에 바쁘다

우리의 수명은 어쩜
서로 사랑하기 위한 입김 같은 것

핑계만 가득했던
열꽃, 그 사랑

내 그늘이 잠시
그대의 그늘을 만나

너무나 짧게 울고
너무나 짧게 웃던

유난히
키 작았던

나의 봄날이
저기 멀리 간다

아름다운 문장

뜨거웠다

식을 줄 몰랐던
그 마음 탓에,

한때 두통에
오래 시달렸다
아팠다

사랑해야만
살 것 같았던

그 한철의 마음이

또다시 날아와

나를 관통하고
스쳐 지나갔다

다시 펼쳐진

그대가 다시 책 한 권 되어
기억이 되살아난다

아직도
그대보다 아름다운 문장을
읽어본 적 없다

비

비처럼 내려놓아야
살 수 있을 때가 있다

두드림이란 열리는 것이 아닌
뭉쳐지는 일

한가득 비를 움켜본 적이 있다

내 것이 아닌 것은 모두
어느 틈인가 사라졌고,

내 것인 것도
어느새인가 메말라
그만 놓아 달라고 한다

모두 손을 놓고
모두 시선을 거둔 채

그저 둥글게 둥글게
살아가라고 비는

바닥을 제 가슴 대신 친다

사는 것도,
살아 보는 것도
스스로를 깨트려

맺혔다가 이내
빗소리로 가는 것

말표 구두약

집으로 가는
그 길 한 줄
전투모에 보태며,

구두약에 말 갈퀴 같은
자국만 남겼지

새벽부터 일어나 말발굽처럼 딱딱해진
언 전투화 신고

말랑말랑하기만 했던 살들이 단단해지고
굳은살도 배겨갔지,

나를 조준하고 사격하며
빗나가기만 했던 영점을 맞추며

과녁의 밖에서
안으로 들어서는 법을
드디어
배웠어

남겨짐

그대가
떠나간 방

그 사람이
두고 간

짐이라고는

아무리 찾아봐도
없는데

이 홀로 덩그러니

남겨짐은

쉽사리
어디에도
치울 수 없다

주소가 없다

누구든 내게 오면

누구든 내게 오면

차 한잔 내주는
마음으로
살고 싶다

온기를 머금은 말

그 말과 서로의

마음의
손잡이를 붙잡은 채

밤이 가득한
커피를 내려 마신 뒤

마음속
어둠에 어둠을
덧댄 채

반짝이는

서로의 눈을 바라봐 주고

싶다

달팽이

등고선 짙게 그려진
산 하나

등에 이고서
천천히 천천히
가다 보면
산도 옮길 수 있다는 것을

지나온 길마다
물길인
저 달팽이는 안다

지도 없이
흔들리지 않고
천천히 묵묵히
가는 게
때론 정답이라는 것을

산보다 때론
마음 하나 옮기는 게

그 무엇보다

어려운 것이라 것을

달팽이는

아는 것이다

수류탄 사랑

세상에
전쟁 아닌 사랑이
어디 있을까

이혼은 수류탄 같아서
아무리 마음에서
멀리 던져 봐도

결국, 칼에 베인 듯
결혼반지 자국 하나

덩그러니
손에 쥐는 일

너와 걷던 익숙한 길
그 아름다웠던 길

모두 지뢰밭이다

파편이 박힌 곳마다

추억이, 별빛이 날카롭게
온몸에
스친다

위로

우연히
두 개의 테이블을
하나로 이어 붙인 곳에
앉았다

잘 보니,
한쪽 테이블이 성치 않다

휘청이려는
그 테이블 곁에,

말없이
딱- 붙은 멀쩡한
그 테이블

그 덕분에
둘은 온전하다

때론 어떤 말 대신

힘든 그 곁에
아무렇지 않게

있어 주는 게
필요할 때가 있다

풀꽃 씨

사람이 사람에게 다가와
가지가 된다
울창한 숲이 되기 위한
대형을 갖춘다

서커스,
물구나무, 아직
씨라고 호칭할 수 없을 만큼
아주 앳된 소년

한 치수 큰 옷을 입은 듯
푸른 힘줄 줄기차게
가지 뻗은 메마른 몸,

몸의 중심이
무너지려 할 때마다, 더욱 웃는다
울창한 흔들림의 균형이다

처음 앉은 자리가 마지막인 관객석
그 과녁의 중심이 무너지지 않게

제자리에서

무심히 관객을 향해

박수의 터널을

뻗어나간다

나방과 나비

나비가 청춘이라면

나방은 수레 가득
폐지 같은 몸을 이끌고

날아가기보단,

한곳에 머물기 좋아하는
촛불의 숨결이다

나비가 발견하는
기쁨이라면
나방은 감추고 싶은 주름이다

나에게는
나비보단, 나방이
많았다

다 꺼내어 쓸 수 없을 만큼
나방이 가득했다

해빙

당신과의 수다 덕분에

내 얼어붙었던 것들이
행방이 묘연한 것들이

거리가 두면서
밝아오는 일

방향을
더듬어 찾아가고

커피의 밤을 내리고
마시면서

우리의 낮은 또 어떻게
환하게
밝아 올까

낙타의 별

목에 제법 큰 혹이 생겼단다
그래
하늘과 가까워졌다는 말이다

고인 침도
삼키는 게 힘들다

아내의 어두운 낯빛

잠깐 아들을 볼 때만
물먹은 듯 반짝인다

사람이 떠날 때
슬픔의 혀는
여름 해처럼 길어져서
발자국은 스스로 지워져
더는 남지 않는다

지구가 뒤집혔다

요동치던 아들이
별안간 뒤집기를 해냈다

아들이 처음
온 힘을 다해

무언가
처음으로 이루어낸
그 아름답던 밤

내가 그토록 부정하던
지구도,
함께 뒤집혔나 보다

울컥, 세상을 보는
눈이 달라져
여태껏
그 힘 덕에 살아냈다

4부

그대의 여름이 나의 가을이었다

열린 상처

불쑥, 내 얼굴에 창문 같은
환한 상처가 생겼다

의사는 그 상처가
스스로 닫힐 때까지 꿰매지 말고
좀 더 지켜보자고 했다

섣불리 닫을 수도,
그렇다고
마냥 열어둘 수도 없는

그 상처를 안고, 요 며칠
나를 다시 환기하는 시간

아팠던 그 힘으로,
쓰러졌던 그 기억으로

내가 나를 부축하며
다시 살아봐야지

저 창이 닫히는 날까지

작은 상처 하나에
가보지 못한 길이
보인다

같은 빛깔로 물들어 간다는 것

불쑥, 가을이 물들어 오듯
서로의 이름, 적어 둔 채
걸어오다가

뒤돌았을 때

서로가 서로에게 이토록 붉게
타올랐고 또 물들었음을

비로소
확인하는
이 시간

오랜 기다림, 축하받는
밝은 이 자리
떨리는 두 가슴

각자가 다른 길에서 만나
같은 쪽
같은 하늘을 보며

같은 빛깔로 물들어 간다는 것
스며든다는 것

우리는
이제, 서로의 하나 된 이름
행복
그리고 사랑

늙음이 우리를 지치게 하여
하늘로 가고 싶은 그날까지

숲이 되었다

내 오랜 새들이
한참을 울다가 떠나가고

돌아보니
모든 것이 숲이었다

오늘따라 유난히
울창한 외로움

그 숲은 그래서
언제나
푸르렀다

줄기차게 퍼져나가는 쓸쓸함

그늘도
짙게 곳곳에 둥지를
만들고

더는 새들이 나를 찾지 않고

내가 나를
버릴 수 없을 때

나는
아버지가 되었다

내 뿌리
아들이 웃는다
햇살이다

빈손

이 세상에 두고 온 것도
가져갈 것도
없다

빈손이다

내가 가져갈 것이라곤

당신과 내뱉은 숨의
짙은
발자국

그뿐이다

살아왔으니, 살아갔던 그 흔적
잘 접어서

마음에 활활 태워놓은 채
가버리면

그뿐이다

사랑하고자 했으나
나는 나를 제대로
하루도 사랑하지 못했다

간격의 힘

도미노는 간격 때문에
넘어진다

누군가에게 기대고 싶은
마음은

때론 쓰러지는
고비를 만들 때가
있다

그럼에도

사랑은
마음 끝으로 다가와

하루, 하루를 기적처럼 세우고
다시 일으켜 세워놓고

어떻게든 오는
봄과

아침처럼

다시 살아보라고 이야기한다

브레이크

자동차 브레이크 위에
올려놓은 발바닥

그 바닥의 무게만큼
힘주어 내가
억눌러 온 나의 속도는
어디쯤일까

창밖에, 느리게
라디오 목소리처럼
울려 퍼지는 풍경

나를 스쳐 갔던,

이내 꽃잎이
이마에 칼처럼 쏟아졌던
사랑과
애인들

모두

내가 스스로 발을 뗀

순간이었음

알았다

한 잎도 안다

꽃도 때론
왜 꽃 이어야만 했는지

스스로 되물어 볼 때가 있다

답답한 가슴에
구멍을 내듯

한때의 화려함에
그 시간에 머물러 있는 게
아닌

빈 허공에
꽃이 꽃잎을 팽팽하게 펼친 채
바닥을 향해

폭죽같이
온몸의 페달을 힘껏 밟을 때

봄이 오면 제 몸이 부표가 되어

다음 계절을 향해

흔들려야 하는 이유를

고작

저 한 잎도

아는 것이다

눈가의 책장

눈가에 잔주름
한 줄씩 늘어
책 한 권이 되어간다

그동안 무수한

낱장을 날들이 펼쳐지던
내 소란의 계절도
끝이 있나 보다

당신과 나
한 권의 주름으로

같이
서로를 밑줄 치며
읽으며,

오랜 시간 읽어낸
그 한철을 보낸
우리

살아줘서 고맙다

오늘도
살아줘서 고맙다

살아내 줘서
고맙다

억울해도

참 열심히
살아냈다

비 온 뒤 무지개와 같이
그대가 웃는다

반딧불이 아파트

1.
벌레도
사랑 하나

가로등 대신,
불을
켜둔다

2.
마흔 무렵
나는 여전히 집이 없다

그래도, 이런
나를 기다리며

오늘 있었던 일

그 이야기 환히 켜둔 채
아내는 아이와
나를 기다린다

내가 오래전 켜둔

그 마음이라서

너무 환해서

눈물이 난다

명랑한 슬픔

녹내장이 왔다고
태연하게 말하는
아내

자칫
실명할 수도 있다고
의사가 말했다는데

너무나
명랑하다

내가 있으니 무슨 걱정이냐고
대수롭지 않게
대답한다

당신의 명랑한 슬픔

아마도 점차
캄캄해져 오는, 밤 속에서도
나 여전히 그대 안에

슬픔 가운데 환하게
빛나고
있었으리라

나의 사인 또한
여전히 그대임이
다행이다

부부

아버지는 자전거를 타고
어머니 마중을
곧잘 다녀오곤 하셨다

어느 날
마중을 나가셨던

아버지가 멍투성이였다

그럼에도 잔잔한
미소가 반짝였다

두 개의 삶이
동시에
기우는 동안

자전거가 넘어진 이후

어떤 하나는 상처가 가득했고
어떤 하나는 그 상처로 인해

멀쩡한 사랑을 다시
재발견했으리라

표현이 서툰
아버지의
조용한
사랑이었다

감자전

누나가 조카를 낳던 밤

소식이 궁금했던

아버지는 몇 번이고
연락할까 말까 망설였다

어머니가 현관문에 가면
아버지는 베란다에 나가셔서
담배를 문 적이 많았다

이미 손님상에 올라간 메뉴처럼

시집을 간 딸에게
치울 수 없는 걱정으로

아버지는
새까맣게 속을
다 타버린 감자전처럼
바싹 태웠다

거실에 온통 탄내가 가득했다

청춘

제법 몸의 시간이 깊어져만 간다

차오르는 게 아닌
익숙했던 것들이
마냥 편안하게 나를 맞는다

달라지진 않는, 그렇다고
억지로 꾸며내고 싶지 않은
그런 하루 속에,

노을로 치면 꽤 빛이 오래 그을린
그런 삶의 자세로
내일도 서 있을 것이다

내일은 밝아 올 것이고
묵념 같은 몇 초의 무의미한 것들과

심장 치며 사랑하던 그때가

가끔 너무

진 초록색이라서 그리운 것뿐이다

시곗줄은 바꿀 수 있지만
시곗바늘은 되돌리지
못하는
그 한때가 또각또각
걸어온다

돌아온 연어

연어가 될 줄 몰랐다

법원을 나와 강으로, 내 몸 하나
밀고 가는 그 길

아이 하나 끌어안고 살 일이
까마득하게
느껴지는, 돌아보면
찬란해질
이 순간

끝끝내 혼자가 되어서야
노을이 쏟아진 바다처럼
눈부시게 울어낸다

사람도 때론, 한 마리 연어가 되어
바다를 벗어나
강으로 울기 위해서
갈 때가 있다

나를 바닥에 벗어둔 채

잊고 지내야

살아질 때가 있다

그대의 여름이 나의 가을이었다

이내, 그대의 여름이
나에게는 가을이었음을
알았다

나는 물들어 가는 것인데
당신은, 진초록의
풋풋한 걸음

그대는 언제나
내게 뜨거웠고, 그래서 쉴 그늘마저
없었다

나는 가을 내내
식어버린 찻잔을 데우려고
애를 쓰는 중이었다

그렇게 우린

화창한 여름날과
가을이 만나

서로 다른 계절로 기울어져 갔다

그게 이별인 줄, 알면서
이별하면서도 이별에 갈 줄
끝끝내 몰랐다

시, 여미다061

그대의 여름이 나의 가을이었다

초판 1쇄 인쇄	2024년 5월 7일
초판 1쇄 발행	2024년 5월 24일

지은이	최영정

펴낸이	이장우
책임편집	송세아
디자인	theambitious factory
편집 제작	안소라 김소은
관리	김한다 한주연
인쇄	KUMBI PNP

펴낸곳	도서출판 꿈공장플러스
출판등록	제 406-2017-000160호
주소	서울시 성북구 보국문로 16가길 43-20 꿈공장 1층

이메일	ceo@dreambooks.kr
홈페이지	www.dreambooks.kr
인스타그램	@dreambooks.ceo

전화번호	02-6012-2734
팩스	031-624-4527

『이 책은 경기도, 경기문화재단의 지원을 받아 발간되었습니다.』

ISBN	979-11-92134-70-3
정가	13,000원